ARARA
BÊBADA

Obras do autor

234
33 contos escolhidos
A faca no coração
A polaquinha
A trombeta do anjo vingador
Abismo de rosas
Ah, é?
Arara bêbada
Capitu sou eu
Cemitério de elefantes
Chorinho brejeiro
Contos eróticos
Crimes de paixão
Desastres de amor
Desgracida
Dinorá
Em busca de Curitiba perdida
Essas malditas mulheres
Guerra conjugal
Lincha tarado
Macho não ganha flor
Meu querido assassino
Mistérios de Curitiba
Morte na praça
Nem te conto, João
Novelas nada exemplares
Novos contos eróticos
O anão e a ninfeta
O beijo na nuca
O maníaco do olho verde
O pássaro de cinco asas
O rei da terra
O vampiro de Curitiba
Pão e sangue
Pico na veia
Rita Ritinha Ritona
Violetas e pavões
Virgem louca, loucos beijos

Dalton Trevisan

ARARA BÊBADA

Ministórias

2ª edição

EDITORA RECORD
RIO DE JANEIRO • SÃO PAULO
2018

CIP-BRASIL. CATALOGAÇÃO NA FONTE
SINDICATO NACIONAL DOS EDITORES DE LIVROS, RJ.

	Trevisan, Dalton
T739a	Arara bêbada / Dalton Trevisan. – 2ª ed. – Rio de
2ª ed.	Janeiro: Record, 2018.

ISBN 978-85-01-11513-3

1. Conto brasileiro. I. Título.

	CDD – 869.93
03-2463	CDU – 821.134.3(81)-3

Copyright © 2004 by Dalton Trevisan

Capa: Fabiana sobre desenho de Poty.

Todos os direitos reservados. Proibida a reprodução, armazenamento ou transmissão de partes deste livro, através de quaisquer meios, sem prévia autorização por escrito.

Texto revisado segundo o novo Acordo Ortográfico da Língua Portuguesa.

Direitos exclusivos desta edição reservados pela
DISTRIBUIDORA RECORD DE SERVIÇOS DE IMPRENSA S.A.
Rua Argentina 171 – Rio de Janeiro, RJ – 20921-380 – Tel.: (21) 2585-2000.

Impresso no Brasil

ISBN 978-85-01-11513-3

Seja um leitor preferencial Record.
Cadastre-se em www.record.com.br e receba
informações sobre nossos lançamentos e nossas promoções.

Atendimento e venda direta ao leitor:
mdireto@record.com.br ou (21) 2585-2002.

Sumário

Canta, Curitiba 9
O Convidado 10
O Beijo 11
O Franguinho 12
Arara Bêbada 1 13
Diante do Túmulo 14
O Vizinho 15
Um Durão 16
O Falastrão 17
O Pudim 18
O Sapatão 19
O Vestido 20
Encontro 21
O Anãozinho 22
Morte no Bar 23
O Mapa Astral 24
Punhal de Mel 25
Quanta Joia 26
Por Amor 27
Uma Pirâmide 28

O Pudico 29
O Casal 30
O Candidato 31
O Chamado 32
O Ladrão 33
Pipocas Devoradoras 34
A Viúva 35
A Barriga 36
O Morto 37
Escondido 38
A Mangueira 39
Que Vidinha 40
A Outra 41
Que Manhã! 42
Amor de Cafetão 43
A Hetaira 44
A Pombinha 45
Isso 46
O Pavão 47
Daqui Ninguém Sai 48

[5]

O Exame 49

O Cafifa 50

A Fita Vermelha 51

No Chá da Academia 52

O Nenê 53

O Sol 54

A Boneca 55

Os mortos 56

Pinga 57

O Nome 58

Um Beijinho 59

No Trem 60

Só Meu 61

Uma Cuequinha 62

A Loira 63

Muitas Vidas 64

A Pirainha 65

Oferenda 66

Uma Cervejinha 67

Os Noivos 68

Ei, Cara 69

A Busca 70

O Sonho 71

O Chiclete 72

A Auréola 73

A Mudinha 74

A Mensagem 75

Cama de Velho 76

A Possuída 77

O Galo 78

Fiz Isso Por Você 79

O Filhote 80

Uma Só Palavra 81

O Gato 82

Sexo Triste 83

Chapéu Velho 84

Três Amores 85

Às Armas 86

Três Cafezinhos 87

O Malvado 88

Na Lanchonete 89

O Capeta 90

Em Botão 91

De Oclinho 92

O Biquinho 93

Grávida 94

A Prima 95

O Bruto 96

Dois Açucareiros 97

Não É Enfeite 98

Capitu 99

No Velório   *100*
Carnaval Curitibano   *101*
Nero   *102*
O Plano   *103*
No Bolso   *104*

Gigi   *105*
A Santa   *106*
Arara Bêbada 2   *107*
Por Último   *108*
Amor   *109*

Canta, Curitiba

— Curitiba quer que eu cante para ela.

— ...

— E eu?

— ...

— Eu quero antes que Curitiba cante para mim.

O Convidado

— Moro só, mas não estou sozinha. Fim do dia, volto do trabalho, sou diarista. Requento a comida.

Antes de me servir, ponho mais um prato na mesa, com pétalas de flores em volta. E afasto a cadeira do convidado.

Esta noite achei a cadeira juntinho da mesa. Morreu alguém muito querido — e Jesus não pôde vir.

O Beijo

A pessoinha visita a avó, que a recebe com um beijo molhado no carão gorducho.

Disfarçando a careta, os cinco aninhos enxugam a bochecha.

A avó, chocada:

— Que é isso, filhinha? Tá limpando o beijo que a vovó deu?

Pega em flagrante, a tipinha de tênis rosa não se perturba:

— Credo, vozinha. Só estou espalhando ele pela cara toda.

O Franguinho

A mocinha gorda, assim que o marido sai para o trabalho, limpa a casa e varre o quintal. Na cozinha prepara um frango assado para o seu amor. Já imaginou a alegria (e os beijinhos) quando ele voltar?

Ao retirá-lo do forno ela se deslumbra — o franguinho dourado, a pele crocante reluzindo.

— Vou provar uma asinha. Se está no ponto. Ai, que gostoso!

Não resiste: a segunda asinha. Osso apenas, a pele se desmancha na tua língua.

Só mais uma coxinha.

E o pescoço: nem tem carne, é um convite.

A outra coxinha?

— Ah, ele não sabe mesmo!

Lambuza dedos e lábios, assalta ferozmente a carne branca. E do precioso petisco o que deixa para o seu amor? Uma sobra toda roída de ossinhos.

Arara Bêbada 1

— Ah, se você deixasse, te chamava de nuvem, anjo, estrela. O que alguém jamais disse a ninguém. Sabe, Maria?

— ...

— Nunca mais seria a mesma. Você é a redonda lua azul de olho amarelo...

— Credo, João.

— ... que, aos cinco anos, desenhei na capa do meu caderno escolar.

— ?

— É a lagartixa que, se eu acendo a luz, saracoteia alegre pela parede e, de cabeça para baixo, espirrando a linguinha atira beijos.

— !

— Mimosa flor com dois peitinhos. Ó dália sensitiva de bundinha em botão.

— ?

— Já viu canarinha amarela se banhando de penas arrepiadas na tigela branca?

— Assim eu encabulo, João.

— Você fez de mim um piá com bichas que come terra.

Diante do Túmulo

Diante do túmulo do velho bem-querido. Cabeça trêmula, a velhinha:

— E você? Por que ainda não me enterrou?

Silêncio do velho. Ela, zangada:

— Mas o que está esperando?

O Vizinho

O menino:

— A gente assiste tevê na casa do vizinho.

— ...

— Só vamos embora depois que ele reina bastante com a minha mãezinha.

Um Durão

— Não, ele não tinha o direito. Um de nós. O mais durão. Pai de família e tudo. Na própria noite de Natal. Fim da ceia, pede licença, fecha-se no escritório, dá um tiro na cabeça.

— Não esqueça que ele suspeitava de doença grave.

— Ainda assim, não. Toda doença, se não tem cura, tem tratamento. Um gesto tão...

— Além de dificuldade financeira. O sócio sumiu com todo o dinheiro. Começar tudo de novo, já pensou? Em nossa idade?

— Ora, se todos os concordatários, falidos, insolventes...

— E quando ele chegou, alegrinho do bar, pô, diante dos convidados, a mulher o acusa de bêbado, fracassado, irresponsável!

— Então estou com ele. Tinha o direito e o dever. Desmoralizado pela mulher, essa não. E — suprema vingança — deixou o último bilhete? O acerto de contas com a mãe de todas as megeras?

— Deixou, sim. Era bom de estilo. E ela, o que fez? Queimou antes que alguém lesse.

O Falastrão

No auge da intriga, de repente o falastrão:

— Veja bem. Eu só falei o que você pensou... mas não disse.

— ...

— E pensou antes do que eu!

O Pudim

A nossa gordinha capricha no pudim de leite, para quando o maridinho voltar. Retira-o do forno e deita suavemente no prato — ai, que delícia. A calda de caramelo derrama-se em aroma abençoado.

— Vou provar uma lasquinha só.

Corta fatia bem fina e fecha o manjar, nem se percebe a falha. Bom demais para resistir. Mais um tantinho e acerta malmente as pontas.

— Ai, que gostosura.

Nunca um pudim foi tão bom. Ainda uma porção... diminuta? Nem tanto. Cada vez mais difícil fechá-lo e disfarçar o estrago.

— Ah, ele não sabe mesmo!

Estraçalha inteirinho o pudim e lambe a calda até a última gota.

O Sapatão

— Olha, que moça mais linda.

— Nem tanto.

— Um cacho de glicínia branca, ai, com dois olhinhos azuis.

— Eu diria verdes.

— Sinto em mim o borbulhar do verso: a tua bundinha empinada... ó alegria para sempre!

— Desista, cara. Ela odeia homem.

— E eu, pô? Não sou o maior sapatão da cidade?

O Vestido

— Minha mãe casou sem amor.

Grande culpa de vovó, seduzida e abandonada, que dizia: *Escolha um noivo bem mais velho. E que tenha casa própria. Aí ele nunca te deixa.*

Se apresentou o meu pai com quase 50 anos. Dono de três imóveis.

Ele a obrigou a casar de preto. Tinha noivado antes com outra de branco, que morreu na lua de mel.

Minha mãe, tadinha, trinta anos foi infeliz.

De branco vestida... Acha que ela teria mais sorte?

Encontro

— Você não sabe quem eu encontrei. Ele mesmo. O meu ex.

— E daí?

— Ih, ele está horrível. Gordo. Feio. Sem dentes.

— ...

— Eu, ainda bem, na minha calça preta corsário.

— ...

— Toda gostosa. De óculo escuro!

O Anãozinho

O anãozinho de circo:

— Volto pra São Paulo, querida. Pequena demais, tua Curitiba. Não tem pique pra mim!

Morte no Bar

Ele quando bebia era violento.

Não parava no serviço.

Não pagava as contas.

Nem o aluguel. Só mudava a família de um lado pra outro.

Gastou o dinheiro da herança da mulher.

A qual fugiu para a casa da mãe. Só voltava com ele se acertasse as dívidas.

A sua morte no bar foi um alívio.

O Mapa Astral

— Fui fazer o mapa astral para o novo ano. Não gostei. A Lua fora de curso? Sétima casa de Saturno? Não entendi nada. Mercúrio em quadratura com Marte, já pensou?

— ...

— Eu sou da cartomante antiga:

vai chegar uma carta com ótima notícia,

vejo um moço loiro... bate na porta... já muda a tua vida,

cuidado! certa amiga de cabelo comprido,

ah, uma grande herança te espera...

Punhal de Mel

— Quando beijo o teu punhal de mel, veja...

— ?

— ...ele fecha o olhinho.

Quanta Joia

— Legal, vó. Quanta joia bacana. Quando você morrer, deixa pra mim, né?

— Claro, filhinha. É a minha neta do coração.

— E pra morrer, vozinha...

— Sim, anjo.

— ...você não vai demorar, vai?

Por Amor

Primeiro choro as lágrimas todas do mundo
Depois choro um e outro olho azul
Então choro os dois buracos vazios da cara

Uma Pirâmide

Lá vem a moça disforme de tão gorda: uma pirâmide invertida resfolegando em marcha.

A cada passo dois coxões se entrechocam: abrasão, assadura, brotoeja, eczema. O que pode essa criatura esperar do mundo cruel?

Epa, uma esperança no seu coraçãozinho: sob a calça branca justa... o convite berrante da calcinha vermelha!

O Pudico

Três aninhos aprendem a ir ao banheiro, a esconder as partes, etc.

A avó quer entrar com ele.

— Não, vó. Saia. Feche a porta.

Todo cerimonioso e pudico. Um tempo.

— Vó, vem me limpar!

O Casal

Lá vem o bêbado sem rumo, aos trancos. Seguido pela mulher magra e feia, um saco nas costas. Gritando e xingando.

Ele para e se volta:

— Eta véia do diabo!

No seu mundo cão é um versinho de amor.

O Candidato

O candidato a vereador:

— Só faltou um para inteirar sete enterros a que eu fui durante a campanha.

— ...

— E já pensou? Não consegui ser eleito!

O Chamado

Ele passa depressa e sorrindo aos convites aliciantes:
— Psiu... Uma rapidinha, vamos?
— Oi, amor...
— Psiu, benzinho, vem cá.
— Ei, gordinho. Eu, hein!
— Psiu, querido...
De repente, uma voz grave:
— Você aí. Jesus te chama!
— ?
— É você mesmo, bonitão.

O Ladrão

Dois cidadãos perseguem um ladrão que, ao se virar correndo, tropeça e cai no lago. Debate-se aos gritos:

— Não sei nadar. Eu me afogo. Socorro!

O primeiro cidadão:

— Será que a gente deve acudir?

O segundo:

— Se ele sabe roubar, decerto é capaz de nadar.

E dão-lhe as costas.

Pipocas Devoradoras

Cuidado com as pipocas devoradoras do Passeio Público.

Num piscar de olhos, essas piranhas brancas engolem os dentes que as mastigam.

Pode contar na boca banguela do povinho: o número dos dentes é sempre menor que o das pipocas!

A Viúva

A viúva encontra uma amiga na rua:

— Ah, Maria. Estou de mal com você. Não apareceu nem telefonou quando o João morreu.

A outra, gaguejando:

— É que fiquei tão chocada. Não sabia o que dizer. Não achei palavras.

Ela:

— Pois trate de achar. De que vale aparecer, se não tem palavras? E ligar pra dizer nada, pensa que é consolo?

A Barriga

A mulher para a menina de 13 anos:

— Se você pegar filho...

— Credo, mãe.

— ...eu mastigo ele em pedacinho...

— ...

— ...dentro da tua barriga!

O Morto

No sonho, o homem do pijama listado, sempre de braguilha aberta. Entra no quarto e para ao lado da cama.

— Amanhã você não tem prova de matemática?

— Tenho sim, pai.

— E por que não vai estudar?

— Não preciso mais.

— Ah, é? Sua vagab...

— O senhor morreu, pai!

Dispensada já pensou? do exame aterrador de matemática. Sem castigo. Nem berros de safada e vagabunda?

— Bem morto, pai.

Alegria vertiginosa de ser livre. Para sempre livre do velho odioso e prepotente.

— Amanhã é o teu enterro, pai.

Escondido

O famoso Zezinho:

— Mãe, você tem pinto?

— Não. A mamãe não tem.

— Então como é que faz xixi?

— Bem... o meu pinto fica escondido.

— Que legal, mãe.

— ...

— Deixa eu ver?

A Mangueira

O grande empresário:

— Bom mesmo é regar o jardim no sábado: o jorro possante da mangueira subindo... subindo... olha eu aqui... o moço que já fui!

Que Vidinha

Mãe e filhinha em férias na praia. À sombra de uma árvore, sentadas na grama, duas bolas de sorvete para cada uma.

— Que vidinha mais ou menos a nossa, hein, mãe!

A Outra

A mulher separada:
— Eu fiquei sem nada. E ele, o bandido?
— ...
— Muito feliz com a outra, o fusca e o celular.

Que Manhã!

Olha só, que manhã! que sol! Diante do carro, meio da rua, de repente uma pomba. A moça reduz a marcha:

— Sai, pombinha... voa, pombinha... xô!

E a pomba distraída mal se mexe. Gorda, branca, botinha vermelha. Entretida com uma semente apetitosa. A moça bem devagarinho, quase parando:

— Voa... vai, pombinha... por favor...

Já buzina outro carro logo atrás.

— Voa, pom... bi... ai!

Leve pulinho, *hop*! Uma agulha fina no teu peito.

— ... bi... nha... ai!

Hop! Outro saltinho fofo. Um furo certeiro no coração.

— Tiau, pombinha.

Amor de Cafetão

— Eu te adoro. É o meu homem. Só penso em você. Estou louca por você.

— ...

— E você, ingrato. Nunca me diz — *eu te amo, eu te quero.*

— Fecha a matraca, pô.

— Diz. Ao menos uma vez. Que gosta. Só um pouquinho. Por favor.

— ...

— Ai, ai. Veja, amor. O que você fez.

— ...

— Os teus cinco dedos no meu rosto!

A Hetaira

No chá da Academia, ao confrade que lhe indaga sobre a saúde, o nosso poeta versado nos clássicos:

— Não vê o amigo que privei com uma hetaira e pespegou-me ela um ginete revel na cerviz do falo!

A Pombinha

— Ai, não... Matei a pombinha, será?

A moça espia o retrovisor.

— Não é que matei mesmo? Ah, bandida. Como é que pude? Ai, pombinha. Eu, assassina!

Desvia o olhar. Carros em disparada louca pra cá pra lá. Dela o que terá sobrado? Penas peganhentas no asfalto... Brancas não mais!

— Afinal a culpa foi dela. Se tem asa, por que não voa? Orra, é tanta pomba nesta cidade. Pomba por todo lado. Predadoras, daninhas, pesteadas — são ratas com asas? Enfim umazinha a menos... Que falta faz? Ah, não vou sofrer. Uma simples pomba. Ai, branca. Pô, deixa a pombinha pra lá. Olha só, que manhã! que sol!

Isso

Em visita ao velho amigo, de volta do hospital. Milagre: firme nas pernas, elegante e barbeado.

— Epa, que é isso?

Ao lado da cama, um pacote aberto de fraldas descartáveis.

E o grande homem, desolado, abrindo os braços:

— A isso fui reduzido!

O Pavão

No parque exibe-se o pavão: luxo e glória do seu deslumbrante arco-íris.

Tocado de tamanha beleza, diz o homem:

— Já pensou, mulher?

— ...

— Que sopão de sustância, hein!

Daqui Ninguém Sai

Fim de tarde, ele encurta o caminho pelo cemitério. No escuro cai numa cova aberta para o enterro da manhã. Aos pulos, tenta alcançar as bordas, e nada. "Se eu grito, acham que é um fantasma. Em vez de acudir, fogem."

Exausto, se encolhe num canto, bem quieto. De manhã, pede ajuda. Já cochilando, ouve passos. Alguém usa o mesmo atalho.

De repente cai uma sombra ali dentro. Habituado à escuridão, enxerga o outro, que não o vê. "Se eu falo, esse aí tem um ataque." O qual repete as suas tentativas: pula, quer agarrar-se às beiras, e nada. Cabeça baixa, ofegante, mãos contra a parede. Vencido.

O primeiro se ergue em silêncio. Uma batidinha no ombro:

— É, meu chapa. Daqui ninguém sai.

Pronto: único salto, o meu chapa fora da cova ia longe. E ele? Tem que esperar o socorro até de manhã. Sob a garoa fininha.

O Exame

A uma pergunta do médico, esclarece a mulher:
— Dói meio um pouco bastante.

O Cafifa

A mocinha se encantou pelo cara, boa pinta de cafajeste. Ele inventa uma história e pede um cheque de dois mil — nem será descontado, bancar um negócio. Em três dias o devolve, com juro. Ela assina o cheque, ele lhe dá um beijinho e some.

Aí começam os telefonemas, uns tipos da pesada. O nosso herói numa transa confusa de droga. Ai dela, se o cheque não tiver fundo. Do banco chega o terceiro aviso, e como pagá-lo?

Desesperada, conta ao irmão, que a esbofeteia e resgata o maldito cheque. Ele mais um primo caolho vão atrás do carinha e lhe quebram duas costelas.

O irmão cobra o cheque em prestações do salário dela. Ainda não acabou de pagar, o cafifa volta e o resto você já sabe.

A Fita Vermelha

A menina que ganhou uma cachorrinha:
— Mãe, o nome não é Fifi. É Firififi. Ou Gudigúdi.
— Quem lhe contou, dona xereta?
— Ora, mãezinha. Foi ela. Sabe o que disse?
— ...
— *Tão feliz de fita vermelha no pescoço!*

No Chá da Academia

No chá da Academia, em confidência ao amigo, o nosso poeta frascário e versado nos clássicos:

— Perlustrando os caminhos da urbe, deparei com uma deidade que me pareceu virgínea. Empós breve requesta, instei-a a acompanhar-me a uma casa de coabitação a tempo fugaz. Em lá chegando, desnudei-a e empolguei-a. Oh, pérfida Vênus: não é que, no assalto aos muros de Troia, me coube investir o portal mais complacente?

O Nenê

A mãe visita no hospital a filha que ganhou nenê.

— Ai, minha filha, que horror!

— ?

— Mas ele é... *um negrinho!* Ó Deus, o que o teu marido... Ai, se ele abre esta porta e vê?

— Pois ele viu. E não disse nada.

— O que todos vão pensar? Ai, Jesus, como você pôde...?

— Não sei do que está falando.

— Onde achou coragem de...?

— Sabe o que você é, mãe? É uma bruxa!

Com o grito, acorda a pobre senhora.

É a manhã da primeira visita à filha na maternidade.

O Sol

— A luz negra do inferninho é o sol das damas da noite.

A Boneca

Manhã de sol, a menina vai pulando caminho da escola, uma corruíra do céu, um grilo descalço na grama. Daí o cara se chega. Diz que tem uma boneca para ela.

— É só pegar, logo ali...

Ela está com pressa, mas vai. Uma boneca, já pensou? E de cachinho loiro. O tipo lhe dá a mão e seguem por uma trilha no mato. Ela tem medo e quer voltar. Diz o cara:

— Quietinha. Senão te pincho no rio!

É verdade: ali o rio de águas fundas. O tipo manda que ela tire a calcinha. O que podia, a triste? Só dez aninhos... Ela chora muito. Ai, como dói.

Ele sai de cima dela. Ainda se abotoando, foge depressa. A menina se ergue, toda suja de barro — um fio vermelho desce na coxa esquerda.

Em vez da escola, volta para casa. Tem a perninha trêmula. Muita febre. A mulher olha para a filha e tudo entende. Acha que é dela a culpa. E, para aprender, lhe dá umas boas palmadas.

Os Mortos

Quão fácil é para os mortos — ingratos! —, basta fechar os olhos já esquecidos de nós, pobres vivos.

Pinga

— Pra ele hoje só existe a pinga. Esqueceu da mulher e dos filhos. Da casa e do emprego.

— ...

— Tudo bem. Que afunde na pinga. Cuspa pinga. Urine pinga. Chore pinga. Se afogue no copo de pinga.

— ...

— E arrebente a barriga inchada de pinga. Daí eu dou banho. Visto a capricho. Sapato preto e gravata. E enterro bem alegrinha.

— ...

— Já tenho outro em vista.

O Nome

A mãe não quer saber da bebezinha. Nem o nome aceita escolher. Começa a chamar de Pelanca. E Pelanca ficou.

Um dia alguém diz que deve ter um nome. A mãe rabisca três ou quatro em retalhos de papel e espalha-os no chão. Deixa que a Pelanca, já engatinhando, apanhe um deles.

Resolvido assim o nome oficial: Solange.

Oficial, porque até hoje, aos 40 anos, é chamada de Pelanca.

Um Beijinho

— Ai, doutor João. O doutor não devia... Nem eu, pobrinha de mim.

— Não me chame doutor. Só um. Deixa. Um beijinho só.

— Ai, seu João. Eu não podia... Um senhor de tanto respeito.

— Não me chame senhor. Mais unzinho. Deixa. Outro mais.

— Ai, seu puto. Ai, ai, sim.

No Trem

— Quando eu era pequena, a gente não tinha carro. Foi com a minha avó que viajei umas poucas vezes. No famoso Expresso de Xangai. Segunda classe. Ó Rio Branco! Ó Itaperuçu! Ó Tranqueira — do bolinho de graxa na estação, supimpa!

Eram famílias inteiras com sacola, criança, mochila, galinha, gaiola de passarinho. Cada abóbora deste tamanho. Tinha tanta gente e tão pouco espaço, que se apinhavam até no banheiro.

Para uma criança fazer xixi, alguém a erguia na janela. Era fácil com os guris — de costas pros passageiros. Mas não as meninas. Devíamos baixar a calcinha e ajeitar a bundinha pra fora do trem — ai, meu Deus, ai, que vergonha! Você ali de cara pra todo mundo, já pensou?

Aguentei isso algumas vezes. Quando fiz seis anos, eu avisei: "Vó, se você botar o meu popô mais uma vez na janela, eu me pincho do trem e você nunca mais me vê!"

Só Meu

Descansa a pobre mulher.

No velório o viúvo e a filha solteirona se abraçam e choram.

Ela aperta-lhe a mão com força.

— Você agora é só meu, pai. Só meu.

Uma Cuequinha

A mãe de quatro meninas estende no varal as muitas calcinhas brancas. Ao lado, a caçula de dois anos:

— Quanta calcinha, né, mãe?

— A culpa é de você.

— De mim?

— Bem eu queria estar aqui pendurando uma cuequinha xadrez.

A Loira

— Casei com uma sueca. Bem minha mãe disse: *Moça loira? De olho azul? Não é para você, meu filho.* Seis meses fomos felizes. Uma noite chego em casa. E a minha loira: *Até ontem, eu te amei. Hoje, não mais. Adeus.* Já de malinha no corredor. O que eu podia fazer?

— ...

— Só matar. E foi o que eu fiz.

Muitas Vidas

— Não se desespere, ó cara. Com o tempo você a esquece. Só uma questão de dias, semanas, meses...

— ...

— Nunca houve paixão que não acabe. É fatal. Os amores eternos... ai de mim, todos mortos e enterrados.

— Ah, é? Pois o meu é diferente.

— ?

— O meu amor tem muitas vidas!

A Pirainha

A mocinha se apronta para ir à igreja.
E o pai, ateu:
— Vai, vai logo... Sua pirainha de Jesus!

Oferenda

Tua nalguinha empinada
em dupla oferenda
praia mansa dos meus olhos
ondas revoltas do meu desejo
lua bochechuda dos meus ais
ó cadeira de embalo dos meus sonhos!

Uma Cervejinha

— Ai, não, amor. Que hálito é esse? Você prometeu e jurou...

— E daí? Me deixa em paz. De vício quem sabe sou eu.

— Então voltou a beber?

— Tantos anos puxando fumo, e não me livrei? Viciado em pó, não estou limpo?

— Depois de perder tudo. E quase todos.

— E não posso agora tomar uma cervejinha, orra?

— Ai, meu bem. Fosse umazinha só!

Os Noivos

— Foi um triste casamento. Os noivos decerto menores de 18 anos. Pareciam dois meninos perdidos. Dois lindos meninos.

Para surpresa geral, a noiva chega chorando. Entra na igreja chorando. E chora até o fim da cerimônia.

Quando os dois caminham para o altar, à medida que passam, todos entendem o pranto da garota.

Ele tinha raspado a cabeça. E atrás, na sobra da cabeleira, estão recortadas quatro letras: R-O-S-A.

— E daí? O nome da noiva. Um belo gesto de amor.

— Só que o nome da noiva era outro.

Ei, Cara

Até que me digo, chateado:
— Ei, cara, não fale mais comigo!

A Busca

Na porta o casal à espera do táxi. A mulher, de roupão e chinelo. Ele, de terno, a mala aos pés.

— O que tanto você viaja, amor? O que tanto busca?

Gesto evasivo do homem. Ela:

— Tudo o que pode querer...

E abrindo o roupão.

— ...está bem aqui!

O Sonho

Eu acordei, um bruto susto. Ao meu lado, na cama, dormia o João.

Era cama larga, cada um no seu canto, a gente não se tocava. Estava nuazinha, o que é natural no verão. A cama ficava no topo de uma escada — a tal escada recorrente nos meus sonhos.

Ora, eu queria mostrar ao João que podia voar. E só podia voar nuazinha. Com o peso da roupa, não. Sentia vergonha, claro. Mas o desejo de exibir a minha habilidade era mais forte.

Assim pulei da cama e, lá no alto, agitando os braços, comecei a sobrevoar o lustre e os móveis. Até que, de súbito...

De súbito alguém me agarrou o pé esquerdo. Fui aos poucos arrastada para baixo. Ainda com o pó do lustre nos dedos, deixei de resistir e me debater. E você, sim, você me derrubou vencida entre os lençóis...

Bem, o resto já sabe. Afinal você estava lá. Era *você*, não era?

O Chiclete

Emburrado, Zezinho choraminga:

— Eu quero chiclete. Você prometeu, mãe. Eu quero.

— Depois do café você ganha. Antes, não. Já esqueceu do versinho de Jesus? *Ele era um menino obediente.* Que não respondia ao pai. Que não brigava com a mãe. Que não puxava o cabelo da priminha. Então diga: Jesus era um menino obediente...

— Jesus era um menino obediente...

— Que...?

— ...gostava de chiclete.

A Auréola

A mulher:

— Não fumo, não bebo, não jogo, não minto, não transo. Estou com medo de virar santa.

— ...

— Acordar no meio da noite com uma luz forte brilhando no quarto.

— ?

— E sobre a minha cabeça pra lá pra cá uma auréola dourada!

A Mudinha

Na rua dois senhores pedem uma informação para a mocinha que passa.

Ela se põe a gesticular muito agitada. Emite sons guturais, gemidos, gritinhos.

Os dois agradecem e um para o outro:

— Puxa, que mudinha mais tagarela!

A Mensagem

Mensagem no muro, letras vermelhas:
Maria, eu te amo. João.
Ao lado, letras verdes:
João, eu também não te odeio.

Cama de Velho

— Pobre homem. Ele te adora. E não sente peninha, você?

— Dá pena, sim. Tão velhinho. Mas ir pra cama com ele?

— Só uma noite. Que mal tem?

— Tem que a cama do velho é uma cova de sete palmos.

A Possuída

— Minha mãe é possuída quando chega perto de um bar. Bebe, se joga no espinheiro, diz palavrão, se corta com caco de garrafa. E não reconhece as próprias filhas. A gente vem e diz:

— Mãe, é a Maria, a Marta, a Júlia.

Mas a triste não escuta. Só o pastor João a pode acalmar. Ela é temente a Deus. E na Igreja não tem disso, não.

Na porta do bar é diferente. Vai chegando e já levantando a saia. De fora todas as belezas.

O Galo

Nhô João:
— Que tal se eu desse um beijo na siá Maria?
E deu.
— Que tal se a gente fizesse um carinho?
Bem queria dois e três.
— E eu, hein? No ponto de galar vosmecê!

Fiz Isso Por Você

Aos 17 de maio de 2003 foi examinado o cadáver de Maria da Cruz.

Cor parda, 23 anos, 1,54m, 50kg.

Sobre a mesa do necrotério achava-se o corpo, em decúbito dorsal, com todos os sinais de morte.

Imobilidade absoluta, ausência de movimento respiratório e batimento cardíaco, algidez e rigidez cadavérica.

Pela técnica clássica foi aberta a cavidade abdominal, com exposição do estômago.

Colhida uma porção do conteúdo e feitas as reações específicas para cianureto, revelaram-se fortemente positivas de formicida.

Com o que se encerrou a necrópsia.

O Filhote

Mia na soleira o filhote perdido. A mulher acode:

— Tem fome, gatinho?

Já derrama no pires o leite quente. Observa-o, piedosa. Um grito:

— Oh, não. Ele é...

E atira-o pelo cangote porta afora. Maneta.

— Ai, que nojo!

Igual ao marido.

Uma Só Palavra

— Ai, querido. Só mais uma vez. A palavra que eu tanto gosto. Diga.

— ?

— Uma doce palavrinha.

— Ah, minha cadelinha querida. Sua putinha safada. Cabriti...

— Ei, para. Não é por aí.

— Mas o que...

— Se você já esqueceu: *Amor. Eu te amo.* Só isso.

O Gato

O avozinho se ergue, olha a poltrona molhada e sacode a cabeça:

— Esse maldito gato!

Sai rapidinho da sala. Ninguém diz nada. Na casa não tem gato.

Sexo Triste

Após o coito, todo animal é triste? Corta essa, Galeno. Não a mulher nem o galo, muito menos o homem — oh, êxtase, beatitude, levitação!

Há, sim, um sexo triste: o teu, pobre Galeno. O solitário.

Chapéu Velho

O marido:

— De que adianta ir ao salão mais caro?

— Ai, amor, menos que...

— Amanhã teu cabelo está que é um chapéu velho!

Três Amores

A mãe, com um casal de filhos, espera o terceiro. E diz para o menor, de dois aninhos:

— Eu tenho três amores. Você, Zezinho. Seu irmão, João, que está na escola. E a Maria, aqui na minha barriga.

Pouco depois o tipinho conversa com a cozinheira:

— Tia, sabe que a mãe tem três amores?

— Não me diga. E quem são os três amores da mãe?

Ele, erguendo o pequeno dedo:

— Um... o Zezinho.

Mais um.

— Dois... o Zezinho.

Mais outro.

— Três... o Zezinho.

Às Armas

O amante, ao pressentir o fiasco, apela às armas da parceira:

— Só depende de você. O tesão... ele está por aí...

— ?

— Procure que você acha!

Três Cafezinhos

Ensaiando a sua prédica, vai o pastor pela rua escura. Salta-lhe à frente um vulto de faca na mão:

— É um assalto!

Já arrebata pasta e carteira. Não se interessa pelo livro de capa preta na mão esquerda.

Pouco adiante, volta o mesmo tipo. Manso e penitente.

— Tio, o senhor é pastor?

Devolve-lhe carteira e pasta.

— Foi bom encontrar o senhor. Eu queria mesmo falar com Jesus.

O pastor, aliviado:

— É fácil. Vamos conversar no bar da esquina. E eu peço três cafezinhos.

— ?

— Sim. Mais um para o Senhor Jesus.

O Malvado

— O João, hein? Uma vez na vida. Afinal. Um belo gesto.

— A mim ele não engana. Até quando faz o bem...

— ?

— ...é feito com más intenções!

Na Lanchonete

Diante da lanchonete, a menina para a mãe:
— Legal. Você pega um pastel e eu, uma coxinha.
Com lindo sorriso:
— Daí você me dá, né, mãe, uma mordida no pastel?

O Capeta

O homem volta a beber, após cinco meses de abstinência.

Chega em casa, aos gritos:

— Mulher, não me fale em Deus.

— ?

— Só quero saber de farra e pinga.

— ...

— Eu sou do capeta!

Em Botão

— O teu seio em botão... ai, menina...

— ?

— ...cabe no fundo... certinho...

— !

— ...viu só?... do meu cinzeiro de vidro!

De Oclinho

No leito de agonia, o velhinho míope nas últimas forças:

— É você, meu filho?

— Sim, pai. Estou aqui.

— Só tenho um pedido.

— Fale, pai.

— Quando me vestir... ponha o oclinho.

— Sim, sim?

— Que eu possa ver... para onde vou!

O Biquinho

A primeira namorada é magrinha, porém linda.

Uma noite o garoto insinua a mão debaixo da blusinha. No busto reto, uma pequena saliência.

— Nossa, o que é isso? Uma verruga?

Ela, baixando a blusa:

— É o meu biquinho...

Até hoje, homem feito, ele não se perdoa.

Grávida

Grávida de oito meses, não consegue dormir com o enorme volume, se mexe muito na cama. Ao lado, o marido:

— Se você não fica quieta, já me levanto...

— Ai, não.

— ...pego a faca de ponta...

— Credo, amor.

— ...e corto fora a tua barriga!

A Prima

Maria: Lili te conta tudo. Até o que você não quer saber. Só ela estar de namorado novo e pronto. Lá vêm todos os detalhes picantes.

João: Como assim namorado? Ela não é casada?

Maria: Desde quando o Pedro foi motivo pra ela não namorar?

Rosa: Por sinal acho que está interessada em você.

João: Em mim?!

Maria: Ah, ela está a fim de qualquer um que não seja o Pedro.

Rosa: De mulher também. Última vez que ficamos sozinhas, ela veio com a história da prima que a beijava na boca.

João: Sim?

Rosa: Eu era o retrato da prima. E já foi me roubando um beijo. Querendo mais um. Outro mais.

João e Maria: E você? E você?

Rosa: Ora, eu... eu... Não é que sou mesmo parecida com a prima?

O Bruto

A mulher:

— Esse homem só me quer para uma coisa. Nem uma noite me deixa em paz. Desfruta, serve-se, me usa inteirinha. Saciado, o bruto vira de costas. Roncando e babando na fronha.

Agora velha:

— Quarenta anos malcasada com esse monstro. Ai de mim, já nem presta na cama!

Dois Açucareiros

As visitas elogiam o jogo de porcelana em que é servido o chá. Diz o marido:

— Lá em casa o nosso tem dois açucareiros.

E, antes que a mulher proteste, com as mãos na cintura:

— O de louça. E essa aí!

Não É Enfeite

— Estes dois, está vendo? Não são para exibir.

— ?

— São para pegar, seu puto. Não é enfeite!

— ...

— Agarre. Sim. Com força. Assim.

— ?

— Aqui, beba o teu vinho.

— ...

— E mate a tua sede!

Capitu

— Não, mãe. Não fale assim. O paizinho eu sei que é bom. Gosto muito dele.

— Ah, é? E, se gostasse de você, ia nos largar neste fim de mundo? Diz que filho dele não é! Só porque é loiro e você... nem tanto.

— ...

— Ora, um capricho da natureza. Mal se parece com o finado tio Escobar.

— ...

— Ai, não, quem sabe... Só o mesmo querido rosto pretinho. Esses mesmos teus beiços grossos tão risonhos. Esse mesmo lindo cabelinho pixaco. Essas mesmas tuas mãos de palmas rosadas. Ai, que falta eu sinto...

— Chore não, mãezinha. Eu estou aqui.

— Ainda acha que teu pai Bentinho é justo? Só você não vê?

No Velório

No velório, a viúva:
— O que separou a gente foi a morte.
— Coragem, Maria.
Um longo suspiro.
— A vida dele acaba...
— ...
— ...e a minha hoje começa!

Carnaval Curitibano

De gralha azul, Sete Quedas, araucária fala o samba, não dá ritmo, não tem rima.

São quatro na ala das baianas, cada uma com fantasia diferente, usada em anos anteriores.

Na exibição diante do júri a garoa fina murcha as plumas do destaque da escola Embaixadores da Alegria.

A odalisca de peito nu e roxa de frio desacata o fiscal: *Qual é, cara? Nunca viu?*

O público não canta nem dança, a mesma cara triste conservada em formol.

A rua é só cheiro de pipoca.

Nero

Eu, o piromaníaco.

O teu corpo de brasa viva, sarça ardente, línguas de fogo...

Você: Curitiba em chamas!

O *Plano*

Mais uma vez. Pela última vez:
— Eu te amo. Case comigo. Por favor.
Ela, a ingrata:
— Não. Não. E não.
Ah, não era dele? De ninguém mais seria. E seguiu
à risca o seu plano de vingança:
atacá-la após o beijo de despedida,
estuprá-la e sodomizá-la,
enforcá-la,
cortar a sua garganta,
vazar-lhe o sangue na banheira,
decepar e queimar os dedos das mãos,
esquartejá-la,
(a cabeça... olho azul meio aberto...
o cabelo metade loiro metade vermelho coagulado),
embrulhar os 14 pedaços do corpo
em sacos plásticos negros,
espalhando um por dia nos latões de lixo
em bairros distantes de Curitiba.

No Bolso

No hospital, o menino sem forças agoniza. O pai busca aflito os papéis do cemitério. Não acha. O menino, de olhinho aberto, no último suspiro:

— Tá no borso, pai.

Estavam. E o menino morreu.

Gigi

— Só tenho a perder nesta maldita vida o meu amor pela Gigi.

— É tua mulher?

— Não.

— Tua amante?

— A minha cachorrinha.

A Santa

— Minha mulher sofre há 50 anos. Com sete chagas no peito. É a última santa.

— ...

— E deve só a mim.

— ...

— Não fosse aqui o machista...

— ?

— ...nunca seria santa!

Arara Bêbada 2

— É o teu fim. Agora está perdida. Grande filha de 60.000 cadelas no cio!

— Ai, por favor. De joelho e mãozinha posta, eu suplico: tenha dó, meu bruto carrasco.

— Dó, uma porra. Aqui, veja. O instrumento do teu martírio e das tuas delícias!

— ...

— Para sempre à mercê do meu ferrão de brasa viva!

— ...

— Fora da bainha o meu punhal de fogo e mel!

— ...

— Aqui a longa cimitarra do profeta que assobia no ar!

— Pera aí, João. O que é ci-mi-tar-ra? Que profeta é esse?

Por Último

A mulher:
— O pastor falou: primeiro, Deus.
Depois eu.
Daí os filhos.
Logo os ministros da Igreja.
Então os irmãos de fé.
Por último, o João.

Amor

O amor é a Mula-sem-Cabeça que ronda a tua porta e te chama pelo nome.

Bicho-Papão que devora, sem mastigar, o teu pequeno coração palpitante.

É o Vampiro que te planta os caninos na garganta num batismo de sangue e orgasmo múltiplo.

Frankenstein que te mutila e desventra, cada pedacinho uivando de dor, gemendo de gozo e pedindo mais.

Lua cheia, na garupa do Lobisomem, você galopa pelas encruzilhadas do ciúme, da traição, da loucura.

Sob a máscara o Fantasma da Ópera te oferece um dueto lírico e uma lição grátis de tortura sadomasoquista.

O amor faz de você a Maldição da Múmia, cada tira de gaze arranca do teu coração gritos de êxtase e volúpia.

O amor tem boquinha pintada cornos de fogo rabo torcido.

O amor é o Diabo.

Este livro foi composto na tipografia Minion Pro,
em corpo 12,5/17, e impresso em
papel off-set 75g/m² no Sistema Digital Instant
Duplex da Divisão Gráfica da Distribuidora Record.